幸せな日々

多賀盛剛

i

からだから、ほしまでぜんぶ、なんにもなくて、ぽかんてしてて、ほしがみえた、

よるにみたほしが、よるにみたことと、ほしをみたこととわかちがたくて、からだがあった、

そう、ちゃんとおもったひとは、まよなかに、きいろいはながきいろくみえた、

べつに、じゅうりょくがあるとかでなく、まぶたがいつも、したにおちた、

うちゅうとか、あすふぁるとにねころんだからだが、がらんてしてて、つめたくなった、

ふれたから、からだのねつがつたわって、からだのかわりにつめたくなった、

なんまんねんもまえもあとも、にんげんはひとりになりたくなるまで、だれかといたかった、

ねつがみえたら、じぶんのねつでめえがくらんで、それでもたぶん、べつによかった、

たいおんは、だれのものでもにてたから、いつもだれのかわからへんくなった、

そっちとこっちが、いまはよくにてて、そのさかいめに、つないだてえとてえがあった、

ii

めのまえに、にじいろのしんごうきがあって、いろのかずだけずっとまってた、

そらは、どこをみてもそらがみえたから、いままでだれもみまちがわへんかった、

どんないろでもあたえられたけど、みんなひとつえらんで、せいいっぱいやった、

からだは、うみにしずむかたちをしてたから、からだにあめがつたっておちた、

からだをつたうあめが、いつまであめなんか、だれにもわからへんかった、

いちばんちかくが、いちばんぼやけるから、そんなちかくにいるんがわかった、

どっちのしんぞうのおとか、もうわからへんくなるまで、からだはもたれあえた、

にんげんは、にんげんとおんなじひじゅうをしてたから、からだのなかにしずまへんかった、

かおがいつも、こえのうしろにあって、みんながそれをだまってみてた、
にんげんをぜんぶ、ひとつのところにあつめたら、みんながずっとあったかかった、

iii

だれからも、それがゆめやておしえられへんまま、みんながさいしょのゆめをみた、
きいたおとを、みんながそのままくちにできひんくて、いろんなおとをみんなできいた、

たまごからは、あふれへんようにしてたから、いまでもせなかはまるくなった、

にんげんは、ねむってしまうさいごのさいごまで、にんげんらしいうごきをしてた、

にんげんは、みんないっしょによるにねたから、ほしをみるときしずかになった、

ほしをみてたそのにんげんの、そのめえの、そのちょっとうしろが、おそろしくくらかった、

そこにいたから、うちゅうのさいしょのほうのひかりも、にんげんのめえでとぎれた、

めのまえをぜんぶまぜても、まっくろやなくて、うちゅうもさいしょは、きっとそうやった、

さいごのにんげんが、いまやっとねて、にんげんはさいごに、そのひとがみたゆめをみた、

うちゅうからは、どこみてもうちゅうで、ゆめからはどこみてもゆめやった、

i

たちあがったからだを、からだがのぼって、あたまのうえでとほうにくれた、

こどもはずっとせがのびて、そのほうこうに、たわあがずっとおおきくなった、

かんでんちがころがって、それがはれつしたころには、だれのへやでもなくなってた、

かいだんがたくさんあるから、にんげんのからだはまがったりするんやてかんがえられた、

あんごうかしたことばを、そのままこえにだして、そのときのうごきが、あたらしいいみになった、

さがしつづけたけど、にんげんはそこでうまれてしんだから、いりぐちはなかった、

ここからはもう、さいしょのもじはみえへんくて、そのころには、おんなじもじばっかりかいてた、

へやのてんじょうは、つぎのへやのゆかやって、それはてんしをしんじたひとたちのなごりやった、

いつ、からだのなかをさがしても、じかんをかんじるところがみつからへんかった、

ぜんぶおわったあともずっと、たんじょうびはたんじょうびにくりかえされた、

ii

ちからいっぱい、どんだけがめんをたたいても、てのひらはがめんにうつらへんかった、

てあしのながさがおやにそっくりで、きょうもおんなじほすうでげんかんまであるいた、

しんしつでじてんしゃをおして、きぶんがよさそうで、いまはそれでぜんぜんよかった、

つきがでてるとき、かいだんをかけあがるひとたちがいて、それもねんねんへりつつあった、

にんげんは、しかくいへやにずっとすんでたけど、からだはしかくくならへんかった、

かいだんでこけたきずがなおったころには、かいだんはすりへってて、さかみちみたいやった、

びっくりするくらいおおきくなると、おんなじおおきさのひとにやっときいついて、びっくりした、

だれがながしても、なみだはいつも、ほしのまんなかにむかっておちた、

にんげんは、いきどまりにあふれかえって、そのさきがいきどまりかわからへんくなった、

たいじがたいじになった、そのときのそのおもさで、ほんのちょっとうちゅうがへこんだ、

iii

にんげんがにんげんを、きかいがきかいをえらんで、それぞれのかたさがずっとちがった、

ろぼっとは、ろぼっとらしくいきたから、それをみせるためににんげんをつくった、

もにたあのなかの、まっすぐこっちをみるかおで、まっすぐかおをみることをおぼえた、

あしのさきからあたままで、こいるをまいてあげたから、いまはもうよくねむってた、

ほうきされたねっとわあくは、おおむね、ちかくのふたりでるうぷして、あんていした、

とてつもなくおおきくなると、いままでのにんげんのうごきが、らんだむみたいにみえた、

していされたかずだけふるえるために、こわいときにとなりにいてくれた、

つきいっしゅうぶんのびでおてえぷをさいせいすると、ずっとつきがうつってた、

いずれ、たしかにであうために、つうろはいつも、どこかですくなくなってった、
まばたきのあいだに、せかいはどれだけかわってええんか、ふるいえいがをさんこうにした、

sewer

しってるうたを、ゆっくりうたったら、きいたことないうたがきこえた、

ひだりめが、いつもみぎめのちかくにあって、よくにてるものをずっとみてた、

かがみには、いつもまばたきがうつってて、まばたきしててみえへんかった、

ねころんだら、からだがいつもいちばんしたで、それよりしたがみえへんかった、

めのまえに、ときどきまぶたがみえて、ひかりにすけて、ちのいろしてた、

へやは、いつまでもうごかへんかったから、かってにそとにはでえへんかった、

ゆびをつかってかぞえてたから、とちゅうでかぞえるのをあきらめられた、

いっしょうきずやておもてたのに、もうなくて、それもほんまか、もうわからへんかった、

すこしずつ、きのうのからだとちがうから、きょうみるゆめがわからへんかった、

かみのけをつまんだ、ゆびさきの、そのねもとのつながりが、にんげんやった、

ethos

かみさまは、にんげんがあふれてこおへんように、がめんをしっかりおさえつけてた、

ぶらうんかんは、どんなものでもおさまるから、ひとのかたちはそのままでよかった、

せかいのおわりはままならへんくて、にゅうすになって、それだけやった、

だんめんはたいらになるから、なんでもせつだんされてから、じめんにおかれた、

だれでも、ほかのだれかのあたまのなかで、いろんなほうほうでいきのびられた、

だれのなまえも、おちついてよまれてたから、ききながすひとがききながした、

ゆめのつづきは、ぶらうんかんにもうつるから、だれかがかわりにみてもよかった、

しろいくつはよごしたらあかんかった、そのことを、こおへんかったみらいでしった、

がめんをたたくほど、てのひらはどんどんあつくなって、かたちがままならへんくなった、

せなかにはねがはえた、そんなゆめをみたひとたちがいて、だれにもはねははえへんかった、

castle

ここにくるまで、わすれてたから、そうきまってて、ここでおもいだした、

いりぐちは、いりぐちみたいにつくられて、まるでそうするみたいに、そこからはいった、

ろうかのさきには、ろうかがあって、みてるだけで、ひみつがばれたみたいにかんじた、

あるいたら、まえにすすんだ、そのからだのことだけが、したしみぶかかった、

からだのかたちを、そういうふうにしんじてたから、のばしたてえがかたからのびた、

どあのぶは、そのまえにからだがあるときだけ、まわりはじめることができた、

らじおから、たくさんのはくしゅがきこえてきて、はくしゅをせんとつづきをまった、

ゆかのつづきを、じょうずにおもいだせへんくて、いまはあしもとがなくてよかった、

いまとなっては、へやのまわりにへやがあって、へやはいつもどっかがにてた、

いずれ、かぎをかけたこともわすれて、このへやでだれかをまってるだけでよかった、

さかなは　なんかい　きっても　いきていて　あふれた　みずが　うみを　つくりました

おとしたら　おちていくほうを　ひとにして　おちないほうを　そらにしました

ひとが　おちていく　ほうこうは　たくさん　ひとが　おちることで　はっきりしていきました

ひとと　あめは　おなじほうへ　おちていくので　ひとは　いつも　あめに　ぬれていました

だれも　くらげの　はなしを　きかないので　だんだん　だまって　なにも　しなくなりました

ひとの　うえに　たくさん　あめが　ふってきて　ひとは　どんどん　やわらかくなりました

あまつぶは　たくさん　おちてきたので　ひとの　ゆびで　かぞえることが　できませんでした

かみさまの　おおきな　こえに　ひとが　あつまり　ひとが　やっと　ほかの　ひとに　きづきました

てんしは　この　せかいに　ぎゅうぎゅうづめで　かみさまは　ゆっくりしか　すすめませんでした

かみさまに　てを　のばしたので　かたむいた　からだが　そのまま　ずっと　すすみつづけました

かみさまが　あるくと　みんなも　ずっと　ついてきたので　くつが　たくさん　うれました

あめの　ひは　あしもとが　すべるので　あめを　たくさん　のんで　みんな　おもくなりました

かみさまは　いつも　にんげん　ぜんぶと　おんなじ　おもさで　どんどん　ごはんを　たべました

てんしの　つばさの　かずは　ひとの　ゆびより　おおいので　かぞえることが　できませんでした

おなかが　すいても　たおれなくて　すむように　みんなは　からだを　くっつけて　あるきました

かみさまは　ずっと　あかるいほうへ　あるきつづけたので　よるのことを　しりませんでした

とりの　いのちは　とべるかぎりの　じかんと　ちょうど　おんなじだけ　ありました

いつか　くる　おわりを　みないで　すむように　さかなは　うみから　でませんでした

かみさまは　ずっと　はなしおわらないので　なんの　はなしか　だれも　わかりませんでした

あかるくなると　たくさんの　とりが　はばたいたので　こえが　とおくに　とどきました

たくさんの　ひとが　あるきつづけたので　じめんは　けずれて　たいらになりました

かみさまは　くちを　とじて　はなすので　こえがふえると　だんだん　きづかれなく　なりました

いないものは　だいたい　ひとに　よくにていて　それは　いるものより　たくさん　いました

ひとは　ころがりやすいので　くぼみに　たくさん　あつまって　そこに　まちが　できました

いきものを　やくと　ちが　けむりになるので　そらには　いつも　ちが　まざっていました

たべるときに　はんぶんに　ちぎる　ひとたちは　はんぶんに　ちぎられることを　おそれました

よるは　めを　つむっても　くらいので　ねむったことが　わかるように　ゆめを　みました

むかし　あさと　ひるの　あいだに　あった　じかんは　あかるすぎて　もう　みえませんでした

かみさまは　ずっと　あるきつづけたので　だんだん　けずれて　とても　ちいさくなりました

せかいの　はてで　うまれた　さかなが　その　ひょうしに　はての　むこうへ　およいでいきました

Introduction

tower

sewer

ethos

castle

blue

interlude

ethereal

pathos

twice

pink

twelve

recall

plaza

reprise

outro

その、なんまんねんもまえの、なんまんねんもあと、

さっきまであるいてた、みたいにたちどまって、

Introduction

tower

sewer

ethos

castle

blue

interlude

ethereal

pathos

twice

pink

twelve

recall

plaza

reprise

outro

ethereal

わたしは、ちゃんとわらってたから、かいだんをふみはずして、まだわらってた。

わたしは、ひとがなにかをみてるときのめがすきで、なにもみてないときのめがすきだった。

わたしは、わたしのからだがあったためたものに、いつもこころをゆるしてた。

わたしは、わたしのゆびがひかりにすけることを、みんなとずっとはなしてたかった。

かみさまのこえをずっとききのがしてるのかもしれなくて、だからわたしは、なにもいうことがない。

それがうそでも、べつによかったけど、そらはどこをみてもそらがみえてた。

のぞきこむと、おちるほうがあって、おちるほうにむかって、あしをのばして、ひとがたってた。

わたしがわすれたことを、まだおぼえてるひとがいて、わたしはそのひとのこともおもいださない。

てすりからのりだした、あなたのからだのうえでも、てんしはなんにんでもおどれるとおもう。

このまちはおもたくて、ここからずっとうごかないから、わたしはずっとこのまちにいる。

pathos

がんだむが、にんげんのなかにのりこんで、かみさまのこと、のおとにかいた、

いまはまだ、みんなとおんなじかたちをしてたから、みんながここでみつけてくれた、

うまれるときにひつようやった、まるいあたまを、りょうてでじょうずにかかえられた、

にんぎょうは、いつもにんげんになおされて、いつもにんげんとよくにてた、

がんだむなんか、にんげんなんかは、くびがとれてもうごくかどうかでわかった、

にんげんは、こわされたあと、それまでのおおきさよりも、ちいさくなった、

すごくとおくにいるだけで、にんげんが、すごくちいさく、とおくにみえた、

すごくとおくにいるひとは、すごくとおくから、ただのてんとしてあつかえた、

どうしても、ひっぱられるほうがしたみたいで、てんごくにのぼるとき、おちるかんじがした、

さかなはさかなを、しゃあはららぁをおいかけて、みずのながれとかたちがにてた、

twice

なんかな、あなうんさあがなきながら、にゅうすよんでたことがあってん、
なんか、なみだはとうめいやのに、こんなにめだつなんて、なんでなんやろうっておもった、

なんで、はなを、さいしょのひとは、だれかにあげたいておもたんやろう、

はなたばは、にんげんがそうしいひんかったら、もうはなたばにならへんとおもう、

ひいかわっても、まだよるやってことに、いったいなんかいすくわれてきたか、

なんか、よるにのぼると、てんごくも、それなりにくらそうなかんじがした、

だれかがそうおもう、そのやさしさでよかったから、やさしいひとておもわれたかった、

いつか、ゆきもふらへんくなって、それすらも、いつからやったか、みんなでわすれそう、

はいたけむりが、ぱとかあのあかいのはんしゃして、きれいておもてたんや、
いちばんきれいやった、このまちのひかりかたをもっかいしたくて、まどをしめた、

Introduction

tower

sewer

ethos

castle

blue

interlude

ethereal

pathos

twice

pink

twelve

recall

plaza

reprise

outro

へやは、まどをしめたら、ちょっとだけ、にんげんみたいなおんどになった、

ぎゅうにゅうは、てえぶるのうえにこぼれて、ふきとるまではきれいやった、

いすは、あしがよんほんあって、うごかへんくても、どうぶつにみえた、

てれびは、きゅうになんもうつさへんくなってからが、いちばんこわかった、

いりぐちは、でぐちとおんなじところにあって、にんげんのむきでくべつされた、

かみのけは、からだでいちばんかぜににてて、かぜとおんなじかたちになった、

どろは、にんげんみたいにやらかくて、にんげんとおんなじかたちにへこんだ、

あしは、ぼうみたいなかたちをしてたから、ぼうみたいやておもわれた、

かみさまは、いるだけでもかんしゃされて、いいひんだけでもわるくいわれた、

がっこうは、たおれるさきにこうていがあるから、あんしんしてまえにたおれた、

かいだんは、ふたつにわれたあと、のぼりもくだりも、ふたつになった、

れえるは、せんろからはがれるとき、さかなのせぼねみたいにみえた、

しんごうきは、あかくもなくて、あおくもなくて、よるとおんなじいろやった、

はしは、たりひんままでおわってて、そのさきにも、たりひんはしがあった、

びるは、ずっとたくさんたってたけど、そらをささえたりせえへんかった、

かたまりは、かたまりのまま、ぐるぐるまわって、もとのばしょにもどってきた、

べらんだは、したのべらんだのうえにおちて、したのべらんだもしたにおちた、

まどは、にんげんがおらへんくなると、どっちがそとでもよくなった、

うえきばちは、つちとずっといっしょやったから、きづかへんまま、つちにもどった、

ぶらんこは、すわるひとがおらへんくても、かってにゆれるから、だいじょうぶやった、

てがみは、もじがにじんでよめへんくなっても、それはそれできれいやった、

ふうとうは、どこにもとどかへんくても、ときどきめがでて、はながさいた、

さんだるは、つちにはんぶんうまってて、それでもはなはさかへんかった、

もりは、となりのもりにぶつかったら、そこがかれて、かさぶたになった、

はなは、しんだらなまえがかわるから、となりのはながみまもってた、

しあわせは、にんげんとかんけいなくなったら、ふしあわせともかんけいなくなった、

そらは、あしがなかったから、じめんがなくてもだいじょうぶやった、

ひこうきぐもは、みるひとがもうおらへんくなると、もうどこにもできひんかった、

ゆめは、もうだれもみいひんくなると、げんじつとかんけいがなくなった、

にんげんは、にんげんがおらへんくなると、もうだれもおもいださへんかった、

Introduction

tower

sewer

ethos

castle

blue

interlude

ethereal

pathos

twice

pink

twelve

recall

plaza

reprise

outro

twelve

わたしたちは、ずっとわすれっぽいから、げんかんをいつもひとつにしました。

わたしたちは、ぶつかるだけでおとがなるから、べつにそれだけでもよかったのだけど。

わたしたちは、かみさまをぎゅうぎゅうづめにして、あなたにとどけようとしました。

わたしたちのことばにかんしては、わたしたちがまちがえますから、おきになさらず。

わたしたちは、いみをわすれてしまったあとも、だれかのことがだいすきでした。

さわるとおとがなるしくみ、かつてそういういきものが、ここにいたのがつたわるでしょう。

だいじょうぶ、きせつはそのうちかわるから、あなたがねてもだれもきにしない。

あなたは、ずっとだれかといたいから、いまとなっては、ゆめにもことばがひつようでした。

わたしたちのかわりになるのに、わたしたちのかたちをしていなくてうらやましい。

いまはまだ、さわるとそれとわかるのが、わたしたちでありますように。

recall

ひとをさがしにいったひとを、みんなでさがしにいったから、おんなじまちがそこにもできた、

みんながまっすぐみちをつくったので、みんなといぬは、まっすぐあるいた、

もくてきは、みんなとっくにわすれたけど、おおきなあながほれてよかった、

あなのなかに、あなをうめるためのつちがなくて、みんなでいっしょにとほうにくれた、

うたいおわると、うたをわすれるから、みんなでずっと、じゅんばんにうたった、

ものすごいたかいとこから、あめがおちてきたけど、だれもけがをせえへんかった、

でたらめに、たくさんつくって、ひとつだけうかんだふねで、とおくへいった、

みんなうえをむくから、しゃべりにくくて、ほしをみるとき、しずかになった、

くじらのめは、みんなのからだよりもおおきくて、じぶんがみられてるとみんながおもった、
うみのなかは、みんなおんなじほうへおちるから、おちてることをみんながわすれた、

Introduction

tower

sewer

ethos

castle

blue

interlude

ethereal

pathos

twice

pink

twelve

recall

plaza

reprise

outro

いまの　わたしは　やりなおす　まえと　おなじなので　やりなおしたのかもしれない

さいごまで　おなじ　うごきを　くりかえすのに　わたしは　さいごが　わかるのか

ここで　うごきを　くりかえすだけで　ここに　ばしょがあるのが　わかる

おなじ　ばしょを　みているだけで　わたしは　じかんがあるのが　わかる

わたしは　いすに　すわるとき　わたしは　いすを　いすだと　おもう

いすを　みて　いすだと　おもう　ひとだけが　いすに　すわる　ひとだと　おもう

わたしが　いすに　すわっていても　わたしと　いすは　ちがうとおもう

すわると　したに　いすがあって　いすは　おちずに　したに　ゆかがある

ゆかは　ゆかの　まわりに　ひろがって　ゆかと　ゆかの　みわけがつかない

わたしが　そこにいることで　そらは　わたしの　うえに　おちない

わたしが　ここに　ひつようなので　わたしの　うえに　そらは　おちない

わたしは　おなじ　うごきを　くりかえすから　いつの　わたしか　みわけがつかない

いすを　いすだと　おもうとき　たおれたあとも　いすだと　おもう

いすが　たおれるほうに　ゆかがあって　からだが　たおれるほうにも　ゆかがある

からだが　まえに　すすむとき　からだは　ゆかにそって　うごいた

まえへ　すすまないと　わたしは　どこから　きたのか　わからなくなる

そこから　うごかないから　いすは　どこから　きたのか　もう　わからない

たおれた　いすを　おこしたら　たおれた　いすは　そこから　なくなる

わたしは　なんかい　いすを　たおしても　たおれた　いすには　すわらなかった

いすを　うごかすと　わたしは　うごかした　さきで　おなじ　いすを　みる

わたしが　いすを　おいたのに　いすには　わたしに　おかれた　しょうこが　なかった

いすが　こんなに　おおいのは　どのいすも　すわることが　できるからだ

わたしは　どんどん　いすを　たおしたので　どれに　すわるか　まよわなかった

わたしの　すわる　いすが　たおれると　わたしが　たおれるのが　わかる

ただただ　おなじ　うごきを　くりかえすと　わたしは　さいごが　わからなかった

わたしの　かおは　いつも　わたしの　かおから　みえやすい　たかさにあった

わたしが　いすから　たちあがると　わたしは　いすに　すわっていない

そとは　たくさん　ひとが　ふっていて　すわる　いすがないから　そのまま　おちる

わたしは　わたしが　きめた　じかんに　ここに　きて　わたしは　わたしの　のぞみなのか

ひが　しずむと　わたしは　なにも　みえず　なにも　みない　もう　おわったのか

Introduction

tower

sewer

ethos

castle

blue

interlude

ethereal

pathos

twice

pink

twelve

recall

plaza

reprise

outro

ちゃんとそう、おもいだすときに、あめがふってから、じめんがぬれてた、

いまはいまに、すなおになって、こえがきこえてから、ことばになった、

みんな、ゆめのなかでたのしそうにしてたから、もっとたくさんねようとおもった、

うたをうたうと、みんながこっちをみてくれたから、みんなもうたをじょうずにまねた、

あめのなかで、ずぶぬれになったひとたちは、おんなじあめのつぶではぬれへんかった、

なんでかわからへんけど、うごいたらあったかなるから、みんなうごいた、

こどもがおおきくなるほうこうは、こどもがたくさんふえるたびに、わかりやすくなった、

もう、だれももどってこおへんけど、おちるだけでうごけるほうこうがあった、

からだのねつは、ひとからひとにつたわって、いまはずっとむかしのひとのなごりやった、

そらからおちて、それでしんでしまったとりを、まだだれもみたことがなかった、

にんげんは、みんなだれかににてたから、ずっとむかしのだれかににてた、

ほねをひろった、そのゆびさきの、ねもとのつながりに、からだがあった、

どんだけねても、だれかがみてたゆめは、だれもおんなじようにはみれへんかった、

あめは、どこにもひとしくふったから、しいそうのかたむきはかわらへんかった、

めのまえのかっぷに、こおひいがはいってて、さめるまではあつかった、

さわろうとした、ずっとまえには、それはもう、そこにはなくて、なにかわからへんかった、

いま、とおりすぎたあじさいを、またあした、とおりすぎながら、ゆっくりおもいだした、

なんかいま、わすれたようなゆめを、いままでおぼえてたようなきいした、

どこかでずっと、そうされてきたみたいに、こどもがいぬをやさしくなでた、

いつか、にんげんがみんないっしょにねてしまって、だれにもおこしてもらえへんかった、

Introduction

tower

sewer

ethos

castle

blue

interlude

ethereal

pathos

twice

pink

twelve

recall

plaza

reprise

outro

にんげんが、てえつなぐまでしんかして、こわいしぜんと、こわいどうぶつ、

あとがきをかきます、あとがきは書く、ていうことにちゃんとちかいとおもいます、すくなくとも短歌よりは、短歌も文字はかきますが、つくるときはかくていうかんじはあんまりありません、でもかきながらかんがえますが、でもかんがえてもかいても短歌はできひんので、でもまあ、いつかはできるんですけど、せやからまあ、まあ、さいごはかかんと文字にならへんのですけど、せやけどまあ、そのうちできます、そのうちのなかに、ぼくがいきる時間がふくまれてて、せやから、いきてたらそのうち、そのうちできます、あとがきは、感謝をかいたりするけど、感謝したいひとはいっぱいいて、それはぼくがいきる時間とも関係あるていうか、まあむしろそこと関係があって、せやから感謝するんですけど、せやから、せやからこの本ができた、直接の感謝するひともいはるんですけど、短歌ができたてなると、ぼくがいきてる時間に関係するひととほとんどいっしょです、もちろん、うまれてきて、にんげんとして、ぼくとかかわってきたにんげんのひとたちのことでもあるんですけど、たとえばぼくがあるく道とか、あるきながら見てきたものはぼくが見たものとして、あ、まあいいや、まあ、ぼくの生活環境をつくってるんはぼくが顔をみるひとたちだけやないていう、まあ、なんていうんか、こう、いろんなひとがいて、そのひとたちのまえにもいろんなひとがいて、そういうぜんぶへほんまは感謝せなあかんのかもしれへんのですけど、あんまりそれは感謝ていうきもちをもってはいきてへんくて、感謝せなあかんなあとはおもうけど、そのことをとくにおもったりはせえへんくて、それでもかんがえたりはするから、そういうことを短歌にしてます、そういうことを短歌にしよておもて、かんがえたり、かいたりしながら、いきるんですけど、もちろんそればっかりかんがえてるんやなくて、いろんなことをかんがえるんですけど、いまぼくはなにをたべたいんか、ていうんはちゃんとかんがえることがおおくて、それがわからへん場合、もうなんも買わへんとか、そういうこともあって、ほかの動物とか、どうしてるんかなとかもおもう、けっこうなんでにんげんそうなってんの、みたいなこと、やっぱりあって、たとえばまくらとか、まくらなんてにんげんていういきものは、いつからいるようになったんやろう、たとえば、すごいまくらはどんどんできるけど、まくらがいらへんねむりかたとか、いままできいたこともなくて、でもむかしはそうやったのに、まくらがあったほうが良質の睡眠が、とか、そんなん、ほかのどうぶつはどうなん、つかれがよくとれる、とか、なんか、まあ、ぼくがそれをみてわからへんだけかもしれへんけど、つかれてるどうぶつてみたことないかも、よわってるどうぶつはみたことあるけど、あれは、もしかしたら、にんげんもつかれてるんやなくて、よわってるていうたほうがいいんか、よわってるけど、よわったままいきられる世界やから、それをつかれやていうたひとがいて、あ、このつかれは、運動したあととかのつかれやなくて、なんか、常態としてつかれてるようにみえるやつのことで、そういうつかれがあるようなところのにんげんが、まくらをつかってる、にんげんがまくらといっしょにうまれてくるんやったら、にんげんにはまくらが必要です、ていうんもよくわかるんやけど、そんなん、まくらもなしで、あとたとえば、生得的にまくらをつくる能力もなしで、それでもまくらがにんげんには必要やなんて、むしろまくらにとってにんげんが必要なんやないか、それやったら納得できる、まくらがうまれるまえにはにんげんがいた、にんげんがまくらをつくった、ともいえるかもしれへんけど、にんげんはさいしょ、まくらをつくろうとしてまくらをつくったわけやない可能性もある、あるとき、ねたときに、なにかよいかんじのふくらみがあった、それはなんとなくおもいあたるふしがある、もしかしてそれはふとももなんか、両親のふともも、両親のふとももをまくらにして、寝た記憶がある、それはずっとずっとまえのにんげんにも必要やったんかもしれへん、それはそうかもしれへんておもう、せやったらさいしょにまくらをつくったひとは、ふとももものようなものをつくろうとしたんか、でもそれまではふとももをまくらのかわりにしてて、あるときふとももがなくなったから、そのかわりをつくった、そんなことはあんまりなさそうにおもう、ないからつくる、みたいなのより、なければないでがまんする、そのうちそれがあったこともわすれて、もともとそれがあった生活の領域には、べつの、あたらしいなにか、そのあたらしいなにかもべつに必要にせまられてやなく、あるとき生活のなかにいつのまにか存在しててて、すでにきいついたときにはそれはかかせへんものやった、もしそれがなければどうなってしまうんやろう、そうかんがえては、うしなったときを想像して不安になる、てばなしたくはなくて、それから離れること自体を不安におもう、それがかんたんにもちはこべるものやったらいいんやけど、そうもいかず、そうなったら自分がそこからうごかへんことが唯一の方法になった、とうぜん、もはやそのころにはそれがなかっても生活できてたことなんてすっかりわすれてて、こどもたちにそれをつたえることもなく、そのそばでその生涯を終える、こどもたちにとってはそれはうまれたときからそこにあり、自分たちもそこからはうごかへんから、もはやそれ全体がひとつの有機的ななにかのようでもあって、いやそもそもそんなこともかんがえたりもせえへんくて、それでもうしなうことをかんがえると不安にもなる、でも実際うしなってみたらそうでもなかったのは、すでにそれのことはわすれてるからで、わすれたこともわすれてしまう、いまとなっては、過去はわすれたことであふれてる、買い物かごいっぱいの、みんながわすれてしまったもの、レジも通らずにそれを抱えてとにかくはしった、おいかけてくる足音がきこえへんくなったから、とりあえずたちどまって、ちかくのものかげに身をかくすと、こんなに自分の呼吸の音は大きいのか、すぐにでもふかく、おおきく息をすいたいけど、ほんとうに、必死にがまんして、ちいさくちいさく、それでも気を失わないように、必要な酸素はとりいれようと、細心の注意を払って呼吸をすると、心臓の音がこんなにも耳のそばできこえる、それをいっしょにきいてほしかった、じぶんにしかきこえへんなんて信じられへんくて、それでもだれもふりかえったりせえへんのは、やっぱりそうなんかもしれへんくて、とほうにくれてるうちに、心臓なんかわすれるくらい、しずかになってた、そうか、わすれたんやなく、わすれられたんかもしれへんくて、そうなると自分がどんだけおもいだそうが、もう関係ないようなきいして、せやったらどうしたらええんか、とりあえず、

多賀盛剛　たが・せいご

一九八二年生まれ。兵庫県在住。歌人。本書が初の著書。二〇二二年、第二回「ナナロク社　あたらしい歌集選考会（岡野大嗣　選）」にて本書の刊行が決まる。白ごはんが大好き。

初版第一刷発行　二〇二三年六月二十三日
／装丁・画　鈴木千佳子／組版　小林正人
（OICHOC）／発行人　村井光男／発行所
株式会社ナナロク社　〒一四二-〇〇六四　東
京都品川区旗の台四-六-二七　電話　〇三-
五七四九-四九七六　FAX　〇三-五七四九
-四九七七／印刷所　創栄図書印刷株式会
社／
ISBN 978-4-86732-021-1 C0092

幸せな日々　多賀盛剛